DEUCALION

ET

PIRRHA

BALLET

REPRÉSENTÉ

POUR LA PREMIERE FOIS

PAR L'ACADÉMIE ROYALE

DE MUSIQUE,

Le Mardi 30 Septembre 1755.

PRIX XII SOLS.

AUX DÉPENS DE L'ACADÉMIE.

A PARIS, Chez la V. DELORMEL & FILS, Imprimeur de l'Académie, rue du Foin, à l'Image Ste. Geneviéve.

On trouvera des Livres de Paroles à la Salle de l'Opéra.

M. DCC. LV.

AVEC APPROBATION ET PRIVILEGE DU ROI.

Les Paroles de Monsieur DE SAINTFOIX.
La Musique de Messieurs GIRAUD, *Ordinaire de
la Musique du Roi*, & *Le* BRETON.

ACTEURS CHANTANS.

Dans les Chœurs.

Côté du Roi.		Côté de la Reine.	
Mesdemoiselles.	*Messieurs.*	*Mesdemoiselles.*	*Messieurs.*
Larcher.	Lefebvre.	Rollet.	S. Martin.
Cazeau.	Le Page. C.	Daliere.	Gratin.
LeTourneur	Larivée.	Masson.	Le Mesle.
La Croix.	Le Roy.	Gondré.	Pinart.
Sallaville.	Vallet.	Héry.	Albert.
Gaultier.	l'Evêque.	Adelaïde.	l'Ecuyer.
De S. Hilaire.	Selle.	Lachanterie	Chapotin.
Edmée.	Roze.	Dauger.	Favier.
Vanhoff.	Robin.	Beyssac.	Feret.
	Antheaume.	Dubois c.	Du Perrier.
	Parent.		Laurent.
			Louatron.

ACTEURS.

VENUS,	Mlle Davaux.
LA DISCORDE,	Mr Gelin.
DEUCALION,	Mr Godard.
PIRRHA,	Mlle Fel.
L'AMOUR,	Mlle Dubois.
UNE VOIX,	Mr Seele.

SUITE DE LA DISCORDE.

SUITE DE VENUS.

PERSONNAGES DANSANS.

SUITE DE LA DISCORDE.

Mr LAVAL.

Mr HYACINTHE,   Mr TAVOLAYGO.

Mrs Dupré, p. Feuillade, le Lievre, Dubois, Desplaces, Henry.

JEUX ET RIS DE LA SUITE DE L'AMOUR TRANSFORMÉS EN BERGERS.

Mr LYONNOIS.

L'Age d'Or.	L'Innocence.
Mr GAILLINI.	Mlle PUVIGNÉE.
Mr LANY,	Mlle LANY,

Mrs Beat, Trupty, Galodier, Lochery, Bertrin, Dupré, f.

Mlles Courcelles, Chevrier, Marquise, Deschamps, Deschamps, c. Maupin.

DEUCALION

ET

PIRRHA,

BALLET.

*Le Théâtre repréſente les ſuites du Déluge qui dure
encore : on entend un bruit ſourd & confus des
vagues, des vents & du tonnerre : on voit des
arbres & différentes ruines qu'entraînent & qu'en-
gloutiſſent les torrens : le nuage éclairé où VENUS
paroît avec les trois Graces, jette aſſez de lumiére
pour qu'on puiſſe appercevoir ces triſtes objets à
travers les ténébres : DEUCALION & PIRRHA qui
ne ſe connoiſſent point & qui ne ſe ſont pas encore
vûs, viennent d'être tranſportés par une Puiſſance
divine dans un des bocages ſacrés du Mont-Par-
naſſe : ils ſont endormis au pied d'une Statue, dont
la figure & les traits ne laiſſent point diſtinguer ſi
elle eſt d'un homme ou d'une femme.*

A

SCENE PREMIERE.

VENUS, SUITE DE VENUS,
DEUCALION & PIRRHA endormis.

VENUS.

LE CIEL veut bien enfin borner les châ-
timens
Qu'il devoit à la Terre :
Que le calme renaisse entre les Elémens :
Cessez, Tonnerre :
Fiers Aquilons, ne troublez plus les Airs :
Ondes, rentrez dans les limites
Qui vous furent prescrites
Par l'invisible accord des Loix de l'Univers.
Astre brillant de la Lumière,
Ranimez la Nature & rendez-lui le Jour :
Recommencez votre immense carrière,
Vous allez éclairer les bienfaits de l'Amour.

*La Symphonie annonce l'arrivée de la Discorde,
qui sort de dessous le Théâtre avec sa suite ; le Déses-
poir, la Rage, la Jalousie, les Soupçons, le Dépit, &c.*

LA DISCORDE.

Envain les Vents, la Foudre & l'Onde
Semblent obéir à ta voix :
Du Deſtin les ſuprêmes Loix
M'ont livré, comme à toi, le Monde.

V E N U S.

Jeunes Mortels conſervés par les Dieux,
Méritez d'être unis de la plus douce chaîne.

LA DISCORDE.

Ils ne ſe ſont point vûs, je vais ſemer entr'eux
Les Soupçons, la Crainte & la Haine.

V E N U S.

Tous les deux vont du Ciel apprendre les decrets,
Et je crains peu les noirs projets
Que forme ta rage inhumaine.

CHŒUR *de la ſuite de Venus, tandis qu'elle remonte
au Ciel.*

Jeunes Mortels conſervés par les Dieux,
Méritez d'être unis de la plus douce chaîne.

SCENE II.

LA DISCORDE, SUITE DE LA DISCORDE
UNE VOIX. DEUCALION & PIRRHA
endormis.

LA DISCORDE & *sa Suite.*

SEMONS, semons entr'eux
Les soupçons, la crainte & la haine.

Danse de Furies.

CHŒUR à *Pirrha.*

De l'Amour crains les traits :
Ses funestes attraits
Ont fait les malheurs de la Terre.

CHŒUR à *Deucalion.*

L'Amour, en voulant vous unir,
Prépare au Maître du tonnerre
De nouveaux Titans à punir.

LES DEUX CHŒURS.

Craignez ses traits :
Ses funestes attraits
Ont fait les malheurs de la Terre.

*La Suite de la Discorde disparoît : elle reste seule
dans un coin du Théâtre, pour jouïr un moment du
trouble qu'elle a jetté dans le Cœur de Pirrha & de*

Deucalion, qui s'éveillent effrayés, & qui semblent
vouloir fuir chacun de leur côté.

PIRRHA.

Je frémis ! . . . .

DEUCALION.

Quel songe ! . . .

UNE VOIX *qui sort d'une nue.*

Arrêtez :

La volonté du Ciel va vous être connue.

PIRRHA.

Dieux ! que mes sens sont agités ! . . .

LA VOIX.

Couronnez cette Statue
D'une guirlande de fleurs,
Elle s'animera soudain à votre vûë :
Si vous n'obéissez, craignez d'affreux malheurs.

LA DISCORDE.

Cet arrêt du Destin remplira mon attente :
A des transports jaloux ils livreront leurs cœurs :
Dans les enfers je retourne contente.

Elle s'abîme ; le Théâtre s'éclaire & s'embellit ;
Pirrha & Deucalion se regardent avec un plaisir mêlé
de trouble & de crainte.

SCENE III.

DEUCALION, PIRRHA.

DEUCALION.

QUE de charmes ! . . Grands Dieux, puis-je
m'en garantir !
Qu'elle seroit votre injustice
De rendre dangereux ce qu'on ne sçauroit fuir !

PIRRHA.

Craignons qu'un songe affreux , hélas , ne
s'accomplisse.

DEUCALION, (l'arrêtant.)

Où portez-vous vos pas ? Vous avez entendu
Ce que le destin nous ordonne.

PIRRHA.

Je fuis des lieux où tout m'étonne ;
Où tout confond mon esprit éperdu.

DEUCALION.

Aux volontés du Ciel voulez-vous mettre obstacle ?
Pour animer ce marbre il ne faut qu'un moment.

PIRRHA.

Vous vous intéressez sans doute à ce miracle ,

J'en juge à votre empreſſement.

Un doux eſpoir flate votre ame ,
Vous croyez déja voir un objet enchanteur:
Votre Cœur vole au devant de la flâme
Dont il va faire ſon bonheur.

DEUCALION.

Ah ! Jugez plutôt à vos charmes
Qu'aux plus vives allarmes
Il doit s'abandonner :
C'eſt un Epoux que l'on va vous donner. . .
Vous l'aimerez ? . . .

PIRRHA.

Je ſçaurois m'y contraindre ,
Mon Cœur eût-il déſiré d'autres nœuds.

DEUCALION.

Que mon deſtin ſeroit à plaindre. . . .
O Ciel! Je lis déjà mon malheur dans vos yeux.

Sur cet objet vous les fixez ſans ceſſe :
Vous y cherchez les traits qui doivent vous charmer;
Des regards ſi pleins de tendreſſe
Devroient ſeuls l'animer.

Craignez que ma fureur jalouſe,
Quand vous attendez un Amant,
N'obtienne des Dieux une Epouſe. . . . .

PIRRHA, (tristement.)

Ah ! vous l'obtiendrez aisément :
Pirrha doit fuir l'amour, & Pirrha ne demande
Qu'à conserver un cœur indifférent.
Je vais cueillir des fleurs & faire la guirlande.

SCENE IV.

DEUCALION, (seul.)

DANS ce fatal instant quels vœux puis-je former!
Le voilà ce rival que Pirrha me préfére !
C'est de ce vain objet que la cruelle espére
Qu'il va naître un Amant digne de l'enflâmer.
Détruisons l'espoir qui la flatte :
Demandons une épouse aux Dieux....
Hélas! Elle seroit sans appas à mes yeux ,
Et je sens dans mon cœur qu'en affligeant l'ingrate,
Je me rendrois encor plus malheureux.
Si n'être point aimé de l'objet qu'on adore,
Est un destin plein de rigueur :
Faire couler ses pleurs & causer son malheur,
Est un tourment plus grand encore.

SCENE

SCENE V.
DEUCALION, PIRRHA.

PIRRHA.

A cet objet qui doit combler vos vœux,
 Cet inſtant va donner la vie :
J'apporte la guirlande, obéiſſons aux Dieux,
 Venez.....

DEUCALION.
 Je vais expirer à vos yeux !

PIRRHA.

D'où naît le déſeſpoir dont votre ame eſt ſaiſie ?

DEUCALION.

Ah ! Je brûle pour vous de la plus vive ardeur :
 Dès l'inſtant que je vous ai vuë ,
Tous vos traits pour jamais ſe ſont peints dans mon
 cœur ,
 Et je cede au coup qui me tue.

 Le marbre, hélas , va s'animer pour vous :
 Les Dieux devoient ce miracle à vos
 charmes :
Il vivra ce rival pour le ſort le plus doux ;
 Je ne vivrai que pour verſer des larmes.

PIRRHA.

Je ne demandois rien aux Dieux :
Vous cherchez seul à faire votre peine;
Je consentois que pour vous rendre heu-
reux ,
Cet objet au gré de vos vœux ,
S'unit à vous d'une éternelle chaîne :
Vous cherchez seul à faire votre peine.

DEUCALION.

En vain le ciel pour faire mon bonheur,
De nouvelles beautés repeupleroit le monde :
Sans cesse je dirois dans ma douleur profonde ,
Il n'en est qu'une pour mon cœur.

PIRRHA.

Si vous choisissiez la plus tendre,
Ah ! Je ne craindrois point qu'elles vissent le jour;
Ne tenez rien que de l'Amour ,
J'aurai des graces à lui rendre.

DEUCALION.

Quoi, Pirrha, vous m'aimez ! . . . . quel discours
enchanteur ! . . .
Quoi, Pirrha , vous daignez recevoir mon hommage ! . . .

PIRRHA.

Je n'ai voulu qu'éprouver votre ardeur.

DEUCALION.

Grands Dieux, par la vertu qui regnoit dans mon
  cœur,
   J'ai tâché d'être votre image :
Je vais avec Pirrha l'être par mon bonheur.

ENSEMBLE.

   Une clarté plus pure
   Se répand dans ces lieux :
   Ces bois reprennent leur verdure :
   Cette onde par son doux murmure
   Semble nous dire, aimez, soyez heureux;
   Votre bonheur embellit la nature.

PIRRHA.

   Pourquoi les célestes décrets
Exigent-ils de nous que ce marbre respire ?

DEUCALION.

Si nous n'obéissons, les châtimens sont prêts :
De cet ordre cruel comme vous je soupire :
   Cet objet peut-il s'animer,
Peut-il avoir un cœur & ne pas vous aimer !

PIRRHA.

C'est moi seule qui dois me livrer aux allarmes :
   Je vous verrai devenir inconstant. . . .

DEUCALION.

Ah ! Rendez juſtice à vos charmes,
Vous la rendrez à votre amant.
N'héſitons plus, faiſons ce que le ciel commande.

Ils approchent de la Statuë.

PIRRHA.

De mes tremblantes mains s'échappe la guirlande...
Mes pas ſont chancelans. . .

DEUCALION.

Pirrha ! belle Pirrha !
Nous étions ſi bien ſeuls !

PIRRHA.

Couronnons la Statuë,
Mais détournons la vûe ,
Et fuyons auſſi-tôt qu'elle s'animera.

Ils poſent la guirlande, & l'Amour qui paroît à la place de la Statuë, les retient l'un & l'autre par la main.

L'AMOUR.

Levez les yeux, voyez qui vous arrête.

DEUCALION & PIRRHA enſemble.

Ah ! c'eſt l'Amour...

L' *A M O U R.*

C'eſt lui qui vous aprête
Les deſtins les plus doux :
En commençant à vous connoître,
Vous auriez dû penſer que l'Amour avec vous
Ne tarderoit pas à paroître.

» L'Oracle qui ſembloit s'oppoſer à vos vœux,
» Enſeigne que l'on doit, par ſon obéiſſance,
» Mériter les faveurs des Dieux.

Accourez, Jeux & Ris, ſecondez ma puiſſance ;
Inventez mille amuſemens,
Volez, volez ſans ceſſe autour de ces amans.

CHŒUR *des* Ris *et des* Jeux.

Inventons mille amuſemens,
Volons, volons ſans ceſſe autour de ces amans.

L' *A M O U R.*

Peignez-leur les mortels, au ſein de l'innocence,
De la nature encor ne ſuivant que les loix,
Mais bientôt par reconnoiſſance
Se choiſiſſant des Rois.

La Suite de l'Amour se transforme en Bergers & en Bergeres ; les uns sont assis au milieu des bocages , & paroissent s'amuser à différens jeux , tandis que les autres dansent au son des flutes & des musettes. L'IN-NOCENCE & L'AGE D'OR , après les avoir regardés quelque tems avec complaisance , forment un pas de deux.

UNE BERGERE chante.

Ainsi qu'un Zéphir agréable
Badine avec les tendres fleurs,
L'Amour dans ce séjour aimable,
Agite doucement nos cœurs.

Il n'y fait sentir sa puissance
Qu'en nous comblant de ses bienfaits:
Avec la paix & l'innocence ;
Qu'il regne sur nous à jamais.

On entend dans le lointain des cris & des gémissemens, occasionnés par les ravages d'un monstre. Il approche; les Bergers & les Bergeres sont effraiés ; un des Bergers l'attaque & le tue ; tous les Bergers entourent leur défenseur , l'élevent sur une espece de Trône de verdure , & lui rendent hommage. La reconnoissance a fait le premier Roi.

C H Œ U R.

Que le rang le plus glorieux
De ce vainqueur consacre le courage :
Que parmi nous il soit l'image
Du souverain des Dieux :
Célébrons sa victoire,
Que son nom & sa gloire
Volent jusques aux cieux.

F I N.

A P P R O B A T I O N.

J'Ai lû par ordre de Monseigneur le Chancelier ,
Deucalion & Pirrha , Ballet , & je n'y ai rien trouvé qui
ne doive favoriser l'impression. A Paris , ce 24 Septembre
1755.

DEMONCRIF.